그렇게 긴 새벽은 사그라들어

——

*

그렇게 긴 새벽은 사그라들어

미니유 쓰다

SANDBOX
STORY

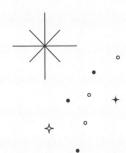

찬란하게 사랑하고, 치열하게 이별했던
영롱하게 빛나는 청춘의 기록

"사랑 때문에 널 포기하지 마."

미니유의 위로가 당신의 어두운 새벽을
밝혀줄 거예요.

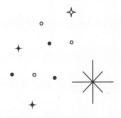

어서 오세요, 치유 상점에.

이별로 상처받은 마음을 치유해드릴게요.

미니유의 목소리와 다정한 마음으로

차가워진 마음을 따뜻하게 녹여드립니다.

QR 코드로 접속하면, 미니유가 독자에게 드리는
스페셜 ASMR 영상을 볼 수 있습니다.

깊은 새벽 잠들지 못하는 당신에게

헤어지는 게 날 위한 것임을 알면서도 맞닥뜨릴 공허함은 나의 눈을 감게 했다. 스스로를 갉아먹으면서도 그 관계를 놓지 못하는 나에게 화가 나기도 했다. 남들은 사랑도 이별도 쿨하게 잘만 하는 것 같은데, 이별 앞에서 한없이 작아지는 내가 바보처럼 느껴졌다. 그 무력함의 화살은 언제나 이별 뒤에 숨은 나 자신을 향해 있었다.

나쁜 사람을 만난 것도 내 탓,

나를 사랑하지 못하는 것도 내 탓,

헤어지지 못하는 것도 내 탓.

그러다 이별을 한 후에는 온통 자기혐오와 혼자라는 공포에 잠식된 채 수많은 새벽을 보내곤 했다.

'내가 다시 괜찮아질 수 있을까?'

'나는 왜 더 성숙한 사랑을 하지 못할까?'

'잠깐 만난 사람도 잊지 못하는 내가 너무 바보 같아.'

칠흑 같은 어둠 속에서 내 안에 겹겹이 쌓이는 질문들은 나의 밤을 오롯이 앗아가곤 했다. 그러나 그 긴 새벽은 길을 잃은 나에게 방향을 알려주었다. 반드시 다시 괜찮아진다는 것, 그러므로 사랑 때문에 나를 포기하지 말아야 한다는 것을 말이다.

나쁜 사람을 만난 것은 운이 나빴을 뿐이었고, 나를 더 사랑하지 못하고 이별을 미룬 것 또한 그만큼 내 감정에 진심이었을 뿐이다. 그 누구를 만나든 사랑하는 마음만큼은 대충이었던 적이 없었으니 말이다. 그토록 어려운 이별이지만 나는 나를 더 사랑하기에 해냈다. 긴 새벽은 나에게 나를 더 사랑하는 법을 가르쳐주었고, 내가 깨달을 때 즈음 그렇게 사그라들었다.

이별 겁쟁이인 나의 새벽도 결국엔 화창한 아침을 맞이했듯,
당신의 새벽이 사그라들 무렵엔 찬란한 빛이 당신을 비추기를.

미니유

CHAPTER 01
이별로 가던 날

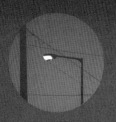

CHAPTER 02
이별 내보내기

CHAPTER 03
이별이 알려준 것들

CHAPTER 04

다시, 사랑

✴ **SPECIAL TICKET**

Chapter 01

이별로 가던 날

가장 힘든 것。

지인들에게 이별하고 가장 힘든 게 무엇이냐고
물어본 적이 있다.
다양한 대답이 나왔다.
일상에 빈 공간이 생기는 것,
보고 싶어도 다시는 못 본다는 것,
그동안 희생했던 시간이 아깝다는 것.
모두 다른 대답이지만 한 가지 공통점이 있었다.

누군가 곁에 있었던 흔적이다.

가장 힘든 건 역시 익숙해진 누군가의 부재가 아닐까.

첫 이별하던 날

내가 연극 동호회를 시작하면서 우리 사이는 멀어지기 시작했다. 늘 남자친구가 1순위였던 내가 점점 관계에 소홀해지자 그 문제로 곧잘 다투곤 했다. 너는 그런 내가 낯설게 느껴진다며 서운함을 토로했지만, 사실 나는 별로 미안하지도 않았다.

'날 귀찮아할 때는 언제고.'

나 역시 마음에 맺힌 것이 있던 터라 말이 곱게 나오지는 않았다. 그렇게 나의 첫 공연 전날 우리는 헤어졌다. 자그마치 8년을 만났지만, 끝은 결국 사소한 다툼이라니.

무슨 정신으로 공연을 마쳤는지 모르겠다. 공연이 끝나고 무대 위는 지인들로 북적였고, 나를 보러 온 친구가 멋쩍게 웃으며 은근슬쩍 말을 꺼냈다.

"오빠 공연 보고 갔어. 지금 빨리 나가면 있을 거야."

그 순간에는 몰랐다. 훗날 그것이 두고두고 가슴 저린 기억으로 남게 될 줄은.

"됐어, 뭐 하러 보러 왔대."

퉁명스러운 대답만이 나올 뿐이었다. 헤어짐을 굳게 결심한 나는 그대로 그를 보냈다.

그리고 그 후, 나는 그 기억으로 한참을 아팠다.

그는 어떤 용기로 날 보러 온 거였을까. 어째서 그때는 그 마음을 헤아려주지 못한 걸까.

뒤늦은 후회만 있을 뿐이었다.

뒤늦은 후회가
몰려오는 밤

거짓말

그가 나에게
처음 거짓말을 들켰을 때,
다툼 후에 다시는 그러지 않겠다고
철석같이 약속을 했다.

그때부터 지옥은 시작되었다.

그가 어떤 말을 해도 곧이곧대로 들리지 않고
무얼 하는지 항상 의심이 피어났다.
그리고
나는 한 발자국씩 멀어지는 연습을 했다.

그때 깨달은 것.

연인 사이에 신뢰가 사라진다면

그 연애는 생명을 잃는다는 것.

나를 미워하는 일 ————。

상처받을 것을 알면서도

놓지 못하고

그런 나를 싫어했다.

너덜너덜해진 마음을

내버려두는 내가 한심했다.

그 사람을 사랑하는 건 나를 미워하는 일이었다.

사랑의 크기

이별 앞에서 늘 너는 거대해졌고

나는 한없이 작아졌다.

반복

헤어짐의 위기에서 간신히
'그래도 더 만나보자'라는 결론을 냈을 때,
그 특유의 느낌을 기억한다.

자꾸 목에 걸리던 숨도 쉬어지고,
떨리던 입술이 잠잠해지고,
멈춰 있던 피가 도는 느낌.

그 사람이 좋은 사람이건 나쁜 사람이건

모든 진실을 떠나,

단지 이별 그 자체가 주는 공포에서 해방되는 것이다.

어차피 또 반복될 것을 알면서.

이별 톱니바퀴

이별이 머지않음을 서로 알고 있는 상태에서의 만남은
고장 난 톱니바퀴 같다.
한 치의 오차라도 생기는 순간 그대로 어긋나버린다.
숨을 죽이고 다시 바퀴를 돌리려 노력하지만,
사랑은 억지로 되는 것이 아니다.
이별을 앞둔 우리에게는
더 이상 삐걱이지도 않는 녹슨 바퀴만이 있을 뿐이었다.

이별을 말하는 눈

너의 눈을 바라보는 게 두려워.

눈동자에 쓰여 있는 말들이 자꾸만 보여서.

곁눈질로 바라본 그 눈은 역시 지루한 깜빡임만.

애써 맞춰 본 눈동자엔 텅 빈 공허만이.

미
친
사
과

"너에게 뭘 어떻게 더 잘해줘야 할지 모르겠어. 이미 난
최선을 다해 잘해주고 있거든."

나에게 큰 상처를 주었을 때 네가 했던 사과.
나에게 나쁜 짓은 했지만,
이미 최선이기에 이 이상 잘할 수는 없다고.
그리고 너와 계속 만나려면
나는 네가 줬던 상처들을 다 잊어야 한다고.

너는 그걸 사과라고 했다.

실언 끝에 미안하다는 말만 붙이면 사과가 되는구나.

참으로 미친 사과였다.

한 장씩 꺼내보는 추억
이제는 끝난 이야기

빗물

촉촉한 봄비 같던 네가,

쓸쓸한 가을비가 되어 내릴 때.

결
말

넌 기억,

난 추억.

서로 다른 결말.

이별한 다음 날

헤어진 후 주변 모든 것이 나를 아프게 했다. 너를 만날
때 입고 나갔던 옷을 입거나 네가 자주 쓰던 향수의 향기
를 맡을 때는 물론이고, 무심코 내 손에 남은 하얀 반지
자국이라도 보게 되면 어김없이 무너졌다.

가장 힘들었던 건 역시 주말이었다. 지난주까지만 해도 설레던 시간이 온통 고통으로 가득 차, 그저 흘러가는 시계 초침 소리조차도 아팠다. 얼마나 더 아파야 끝날지 모르는 무력한 시간들이 막막했다. 하지만 알고 있었다. 나는 분명히 다시 괜찮아질 거라는 것을.

고통의 시간을 겸허히 받아들이고 나면
더 단단해진 나로 일어날 것이다.

습관

함께 있지 않아도,

하루 종일 함께하는 듯했던 너.

이미 습관이 되어버린 너를 지우기 위해

얼마나 많은 시간이 지나야 할까.

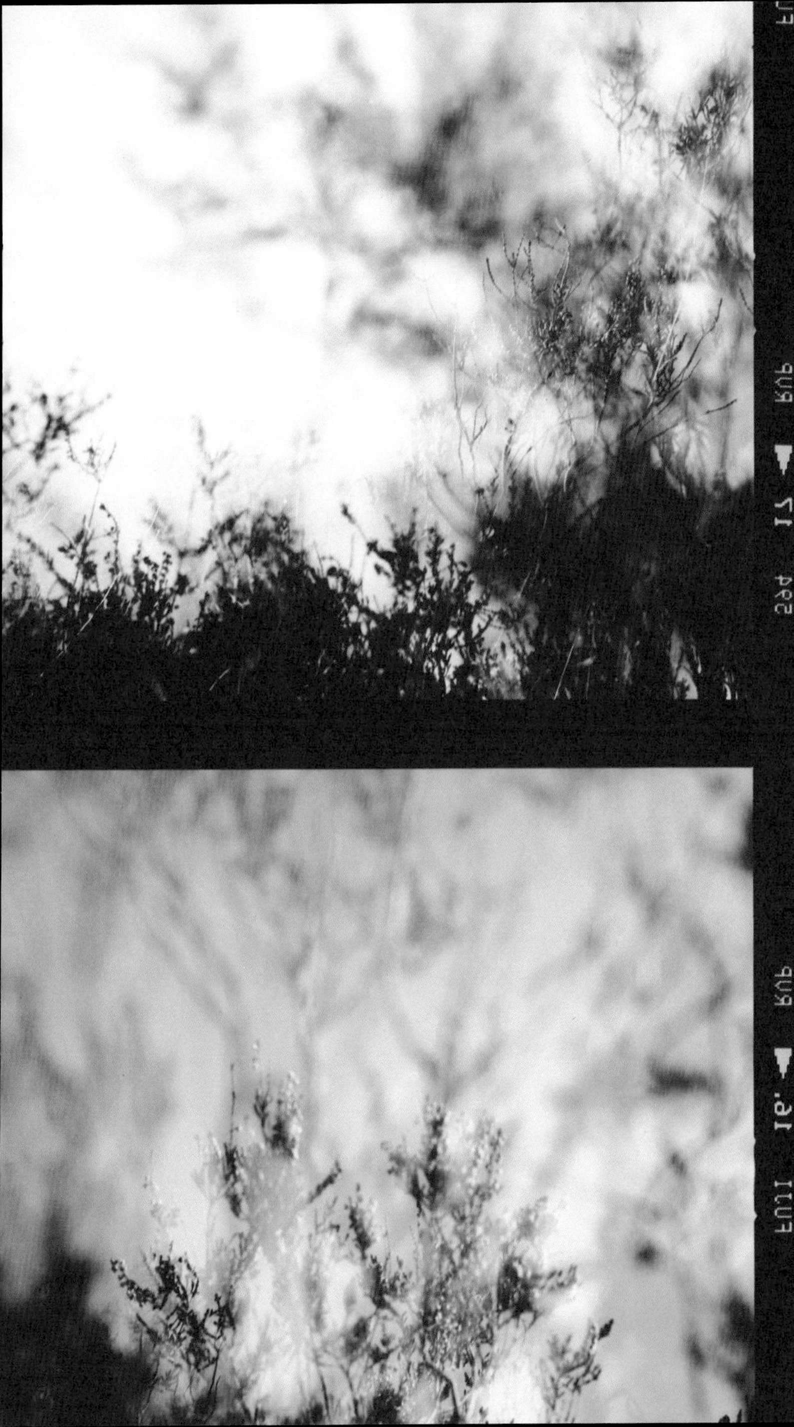

이별에게 잡아먹히던 날

이별은 사방이 막힌 공허 안에 나를 가두고
이리저리 휘둘렀다.
가엾게도 이리저리 뱅글뱅글 돌아가는 나.
바람결에 움직이는 고장 난 시계추처럼 그대로 매달려
있으라 했지.
그래, 나는 그러겠다 했지.
한없이 그렇게 매달려 있겠다 했지.

낯선 일

$\circ$

나를 사랑했던 너를 다시는 볼 수 없다는 것.

나에겐 무척이나 낯선 일.

온통, 네가

길가에 피어 있는 꽃 한 송이에도,
시선 저 너머까지 펼쳐진 푸른 하늘에도,
자려고 누워 올려다 본 내 방 천장에도

온통 네가 스며들어 있어.

헤어진 후에

텅 빈 마음

그
런
날

너와 함께 걸었던 날과

온도, 공기, 바람 모든 것이 똑같던 날에는,

그런 날에는,

밖에서 걷는 것조차 어려운 일이었다.

착각과 진실

그 사람을 놓지 못했던 가장 큰 이유는

그래도 나에 대한 마음은 진심이지 않았을까

하는 착각 때문이었다.

모든 게 거짓투성이였던 그였지만,

나를 걱정하던 목소리, 다정한 눈빛, 울먹이던 표정은

다 진실처럼 느껴졌었다.

헤어진 후에도 그것 때문에 많은 날들을 괴로워했다.

이제야 깨달은 것은,

그 사람의 마음이 진실이었든 거짓이었든 그건 중요한

게 아니었다는 것이다.

그는 그저 나에게 고통이었다는 것.

그것만이 진실이다.

기억의 끝자락

。

가끔은 그런 날이 있다. 이미 바래질 대로 바래진 기억의 끝자락이라도 붙잡고 싶은 날. 눈을 감으면 그날의 날씨와 풍경, 바람에 묻어 있던 냄새까지도 전부 고스란히 느껴진다. 우리 둘의 목소리, 걸음걸이, 그리고 눈을 맞추며 짓던 웃음도 모두 그 안에 녹아 있다. 아주 잠시 그때로 돌아가 반짝이던 찰나를 만나고 싶다.

너를 보내기 위한 시간

꼭 다시 연락이 올 것만 같았다.
조금만 참고 기다리면
"너무 오래 기다렸지? 미안해"
라고 네가 말해줄 것 같았다.

너를 다시 만나면 그동안 쌓였던 이야기도 하고,
좋아하던 곳도 가야지 생각했다.
아마 꽤 오랫동안 이런 기대를 했던 것 같다.
한 해 한 해 시간이 흐르고 비로소 깨달았다.
너는 다시는 돌아오지 않는구나.
너를 완전히 보내기 위한 조금 긴 시간이 필요했나 보다.

예쁜 이별

나는 이별 앞에서 주고받는 인사를 싫어한다. 그래도 한 때 마음을 나누고 사랑했던 사이니까 인사 정도는 예의 가 아니냐고 한다면, 나는 차라리 비겁하고 예의 없는 사 람이 되는 편이 낫다.

그런 마음과는 다르게 이별 앞에서 늘
끔찍한 인사를 주고받았지만,
사실은 그냥 도망치고 싶었다.
예쁜 말이 더 화살이 되어 내 가슴에 꽂힌다는 걸 잘 알 고 있기 때문이었다.

"건강하고, 잘 지내고."

좋은 사람으로 남기 위해 치장한 배웅보다는 뾰족한 단
호함으로 이별을 말해주는 게 나에겐 훨씬 예쁜 이별이
었으니.

혼자 했던 사랑

그 사람의 거짓말을 다 알면서도 나는 화를 낼 수 없었
다. 화라도 냈다가는 분명 그의 입에서 이별 이야기가 나
올 것을 알고 있었기 때문이었다. 상식적이지 않다는 것
을 알면서도, 그런 사랑을 하면서도, 나는 늘 이별을 두
려워했다. 그는 항상 이별을 무기 삼아 나를 단념하게 했
다. '그래도 나를 사랑하는 마음은 진심이겠지' 하고 억
울함과 화는 가슴속에 꾹꾹 눌렀다. 그렇게 억눌리던 감
정은 결국 곪아 터졌고, 나는 그에게 이별을 고했다.

내가 그에게 마지막으로 했던 말이 가끔 떠오른다.

"나만큼 너를 이해해주고 사랑해줄 사람은 아마 네 인생에 더는 없을 거야."

나는 정말 진심을 다해 사랑했다고 확신했다.

시간이 많이 흐른 후 돌이켜보니 그 사람은 나를 사랑하지 않았다. 사랑하는 척을 했을 뿐 진심은 없었다. 그렇게 생각하고 보니 그제서야 그의 모든 행동들이 이해가 갔다.

아, 난 혼자 짝사랑을 했구나.

Chapter 02

이별 내보내기

가장 소중한 사람은

누가 뭐래도
가장 소중한 사람은
나 자신이다.

떠나간 사람의 흔적으로 괴로워하기에
나는 너무 빛나는 사람이니까.
어렵겠지만 툭툭 털고 일어나는 연습을 해보는 거야.
그렇게 하루하루 견뎌내다 보면
언젠가 아무렇지 않을 날이 올 거야.

혼자여도 괜찮아

그러고 보니 나는 애인 없이 지낸 적이 거의 없었다. 길었던 첫 연애의 영향이었는지 혼자 있는 시간이 무척 낯설고 어색했다. 그래서 이별의 허전함을 새로운 사랑으로 채우는 게 습관이 되어버렸다.

그러다 언젠가 또 한차례 이별의 아픔을 겪고, 일 년 가까이 오로지 나에게만 집중했던 적이 있다. 여기저기 모임도 나가고, 친구들도 많이 사귀고, 여행도 다녔더니 너무 신나고 즐거웠다.

오직 나만을 위한 시간들이었다. 덕분에 내가 무얼 좋아하고 싫어하는지 나 스스로에 대해 더 깊이 깨닫고, 성장할 수 있는 기회가 되었다. 그 시간들을 겪으면서 나는 정말 소중한 걸 배웠다.

혼자여도 충분히 괜찮다는 것.

그러므로 혼자가 되는 것이 두려워, 상처 입은 나를 못

본 척 눈 감지 말 것.

이별 극복법

이별 후 인터넷에서 '이별 극복법' 같은 것을 찾아봤던 적이 있다. 내가 했던 이별 극복법 중 가장 현실적으로 효과가 있었던 것은, 그 사람과의 미래를 떠올리는 것이었다. 그 사람과 계속 함께했을 때 내가 감당해야 할 고통을 생각하면 정신이 좀 들기 때문이다. 내가 이걸 다 참고 살 수 있을까? 스스로에게 묻는 시간이 꼭 필요하다.

결혼

이상하게도 이별 후엔 항상 결혼이 하고 싶어졌다.

빨리 좋은 사람을 만나서 헤어질 걱정 없이 안정적으로
지내고 싶은 마음이었다. 그리고 연애가 시작되면 언제
그랬냐는 듯이 결혼 생각이 사라지곤 했다.

어쩌면 이별이 가장 위험한 이유는 이런 거다.

이별이 무서워 서두르는 결혼 같은 것.

이별은 나의 눈과 귀를 무디게, 판단력을 흐리게 한다.

이별이 주는 가짜 감정에 속지 말자.

결혼은 혼자여도 충분히 괜찮을 때 생각할 것.

나를 지키는 일

이별이 슬프지 않을 수는 없다. 다만 힘든 시간 속에서도 스스로를 꼭 지키길 바란다. 한바탕 울다가도 밥은 잘 챙겨 먹었으면 좋겠다. 혼자 있을 때 문득 뜻 모를 눈물이 주룩 흐르더라도 할 일은 잘 해냈으면 좋겠다. 퉁퉁 부은 눈으로도 창문을 열고 환기를 시키며 바깥공기를 듬뿍 들이마시면 좋겠다. 물에 젖은 솜처럼 무거운 몸을 이끌고 맛있는 커피 한 잔 마시러 집 밖으로 나갔으면 좋겠다.

이 어렵고도 사소한 것들이 결국 슬픔 속에서 나를 지키는 일일 테니.

그때 그런 연애를 했었다

그 사람은 왜 그랬을까.

내 잘못은 뭐였을까.

답을 내리지 못할 질문을 계속 던지며

나 자신을 괴롭히는 건 이제 그만.

그냥 '그때 그런 연애를 했었다'

기억으로 남기면 그뿐이다.

미움도 사랑도 묻어 있지 않은

그저 그런 기억으로.

꼭 좋은 사람은 아니다

내가 좋아하는 사람이 °

나쁜 남자와 연애를 한 적이 있다. 어느 날 상처 입은 마음에 아는 언니에게 상담을 하면서 문득 자조적인 말을 내뱉었다.

"왜 저는 나쁜 사람을 좋아하고 있는 걸까요?"

그러자 언니가 쓸쓸한 미소를 지으며 말했다.

"내가 좋아하는 사람이 꼭 좋은 사람은 아니니까."

우문현답이었다.

그 이야기를 듣자 나쁜 남자를 좋아하게 되어 자책하던
스스로에게 미안해졌다.
어떤 경우든 나를 탓하고 미워하지는 말아야지.

다행이다

이별을 무기로 삼아 늘 헤어지자는 말을 입에 달고 살던 그가 헤어진 후 내 SNS를 팔로우했다. 아마도 새벽 감성에 취해 또는 술에 취해 벌인 일이겠지. 금세 다시 팔로우를 취소한 것을 보니 말이다.

처음에는 황당했지만 곧 그러려니 했다.

마지막까지 우스운 기억을 남겨줘서 오히려 고마웠다.

그리고 생각했다.

'이런 사람과 헤어져서 정말 다행이다.'

어둠 속에서는 누구나 길을 잃는다

어둠 속에서 길을 헤매는 건
네 탓이 아니야.

드문드문 비추는 별빛에 기대어
기다림으로 밤을 지새우다 보면
그렇게 긴 새벽은 사그라들어.

괜
찮
아
。

"나이를 먹을수록 좋은 사람 만나기 힘들어져."

하지만 어렸을 때도 좋은 사람을 만나지는 못했는걸.

그래, 내가 좋은 사람이 되어 좋은 사람을 찾으면 돼.

인어공주, 사랑 때문에 너를 포기하지 마

인어공주 이야기를 생각하면 늘 안타까운 마음이 든다. 왕자와의 사랑을 위해 자신의 고운 목소리, 아름다운 꼬리를 포기하다니. 더구나 왕자는 그런 사실조차 모르는데. 사랑이란 옳고 그름의 문제가 아니라는 걸 너무 잘 알지만, 나는 그래도 당신이 사랑보다는 스스로를 선택했으면 좋겠다. 나 역시 인어공주였고, 더는 슬픈 인어공주가 되지 않기로 다짐했다. 그리고 수많은 인어공주들에게 꼭 전하고 싶다.

그를 사랑하는 게 나를 포기하는 일이라면 그만두자.
세상에 나 자신을 포기해야 할 만큼 대단한 사람은 없으니.

너를 위한 지도

끝나지 않을 것만 같던 어두운 동굴을 지나오면

머지않아 안개가 걷히고

아침 햇살 같은 맑은 빛이 드리울 거야.

또다시 길을 잃고 헤매도 걱정하지 마.

네가 걸어온 그 길은 언제나 너를 위한 지도가 되어줄

테니.

매
사
에
진
심
인
사
람

사랑에 있어 이성적인 사람을 동경하곤 했다.

아니다 싶으면 빨리 정리하고 끝낼 수 있는 그 용기와 단

호함이 참 부러웠다.

어째서 나는 나를 갉아먹으면서도 연애를 이어가는 걸까.

한번은 친구에게 하소연을 하기도 했다.

"매사에 진심이어서 그래."

어쩐지 친구의 그 말이 마음에 확 와닿았다.

누굴 만나도 좋은 모습만 보려고 노력했고,

나쁜 모습은 애써 부정하려 했다.

진심으로 좋은 사람이길 바라면서.

"나 이젠 내가 일부러 좋은 모습만 보려고 노력하지 않
아도 되는 진짜 좋은 사람을 만나고 싶어."

나의 말에 친구는 다시 대답했다.

"너에게 좋은 사람도 어디선가 너를 찾고 있을 거야."

하
마
터
면

。

사랑하는 감정이 끝나지 않은 채 이별을 맞이하면 모든
상황을 객관적으로 볼 수가 없다. 이 모든 게 내 탓인 것
만 같고 그와 다시 만날 수만 있다면 을의 연애라도 마다
치 않을 것 같다.
그러나 시간이 한참 지나 모든 걸 객관적으로 바라볼 수
있을 때 다시 그때를 떠올리면 이런 말이 절로 나온다.

'하마터면 큰일 날 뻔했어, 정말 잘 헤어졌다.'

그땐 그랬지

매서운 바람이 부는 겨울이 지나가면
언제 그랬냐는 듯 꽃 피는 봄이 오겠지.
늘 그렇듯이.

그때가 오면
그의 흔적도
그땐 그랬지 하는
그저 기억으로 남겠지.

찬란히 빛나기를

——————
∘

지금은 어둠 속에 덩그러니 남은 나에게도
다시 환한 빛이 비추기를.

그리고 찬란히 빛나기를.

피
어
나
기
를

민들레꽃처럼 단단히 피어나던 마음이

아픈 홀씨 되어 날아가 버리던 날

고요히 남겨진 이파리는 그렇게 잠들었다.

흩어지던 홀씨는 이내 다시 기댈 곳을 찾아 날아간다.

그곳에서 다시 단단히 피어나기를.

Chapter 03

이별이 알려준 것들

권태기

몇 주년이었던가, 그날은 기념일이었다. 워낙 오래 만나다 보니 설렘은 사라진지 오래, 우리 사이엔 그저 권태로움만 남아 있었다. 습관처럼 내가 가고 싶던 예쁜 식당을 가고, 서울을 벗어나 근교의 멋진 카페도 갔다. 그러나 아무리 좋은 곳을 가도 둘 사이는 미지근한 커피처럼 진부했다. '역시 오늘도 지루했다'라고 생각하던 찰나, 그가 말했다.

"나 진짜 서운해. 내가 기념일 선물로 뭐 부탁했는지 기억 안 나?"

아차, 싶었다. 그가 기념일이라며 나에게 좋은 선물을 해주고 부탁한 게 있었다.

바로 나에게 받은 편지를 모아놓을 예쁜 상자 하나였다. 그거면 충분하다고 했는데, 내가 그만 새까맣게 잊고 말았다. 입이 열 개라도 할 말이 없었다. 권태기를 핑계로 주는 사랑을 받기만 하면서 별것 아닌 상자 하나를 어떻게 잊어버릴 수 있는 거지?

나는 정신이 번쩍 들었고, 권태기는 사라졌다. 그와 헤어진 지 몇 년이 지난 지금도 예쁜 상자를 보면 그날의 미안함이 떠오르곤 한다.

시간이 약일까

흔히 시간이 약이라는 말이 있다. 이별도 그럴까? 시간이 지나면 정말 다 잊혀질까?

시간이 많이 흐른 후에야 보이는 것들이 있다. 정말 잊지 못할 것 같던 사람도 시간이 지난 후에는 희미한 추억으로 남는 경우도 있고, 헤어지고 별로 힘들지 않았던 사람이 훗날에는 가슴 아픈 기억으로 남는 경우도 있다.

시간이 지나면 아픔은 사라지고
기억은 조금
아니 많이 달라지기도 한다.

철 지난 사랑 ———。

철 지난 사랑을 붙잡고 아파하기에는

아름다운 계절이 너무 빠르게 지나가고 있어.

너의 위로가 따듯했던 밤

。

나는 회사에 취직을 해도 한 달을 못 버티고, 무얼 배우려 학원에 다녀도 금세 싫증을 느껴 그만두곤 했었다. 한 번은 연극치료사가 되고 싶어 수업을 받았는데 몇 번 나가보니 역시 내 길이 아님을 깨달았다. 이번에도 그만둬야겠다는 생각이 들자 스스로가 너무 한심해 눈물이 나올 것 같았다. 그저 버티면 될 수도 있는데 또 쉽게 포기하려는 나 스스로가 마치 쓰레기처럼 느껴졌다.

그날 밤늦게 수업이 끝나고 남자 친구가 나를 데리러 왔다.
"수업은 재밌었어?" 그의 물음에 왈칵 눈물이 쏟아졌다.
"나는 아무것도 할 수 있는 게 없어."
통곡에 가까운 나의 울음에 그가 당황하며 웃었다.

나는 울고 그는 웃었다. 괴이한 그림이었지만 나는 아직
도 그날의 풍경을 잊을 수가 없다.

"이것저것 다 도전하다 보면 할 수 있는 게 있을 거야.
그리고 내가 있는데 뭐가 걱정이야?"

단 한 번도 나를 탓하는 법이 없던 그였다. 단지 이번에
도 너와 맞지 않는 일이었을 뿐이라고.

"뭘 그런 걸로 울고 있어?"

웃음기 묻은 목소리로 그가 말했다. 따듯한 말하는 게 참
어려웠던 그에겐 영혼까지 쥐어짜 건넨 위로였으리라.

무거운 마음을 한순간에 가벼운 일로 만들어버린
그 사람다운 위로가 유난히 따듯했던 밤이었다.

거창한 말보다

진심이 묻은 미소가
더 큰 위로가 된다

어떤 사람과 또 어떤 사람

연애를 하면서

어떤 사람은 나에게

너무 잘해주고 있어 더 이상 잘할 게 없다고 했다.

또 어떤 사람은 나에게

더 잘해주지 못해 미안하다고 했다.

어떤 사람은

내가 좀 더 잘해줬으면 좋겠다고 했다.

또 어떤 사람은

내가 이미 너무 잘해주어 고맙다고 했다.

나는 항상 똑같았는데.

당신 말이 맞았어요

"우리 한 번만 더 싸우면 진짜 헤어지자."

반복되는 싸움 그리고 화해 끝에 그 사람이 말했다.
얼결에 알았다고 대답했지만 나는 저 말이 헤어지자는
말보다 더 아팠다. 나는 아무리 힘들어도 서로 극복하고
견뎌야 한다고 생각했는데, 그는 힘든 건 사랑이 아니라
고 했다.

처음에는 그 말이 이해가 가지 않았다. 우습게도 시간이
흘러 다음 연애에서 내가 똑같은 말을 하고 있었다.

"우리 또 싸우면 그때는 정말 헤어지는 거야."

그때 문득 그 사람이 떠올랐다.

아, 이런 마음이었겠구나.

그 사람 말이 맞았다.

연애는 행복하려고 하는 거지.

힘든 건 사랑이 아니었다.

이따금 지나간 연인의 말과 행동이 이해될 때가 있다.

그래서 그랬구나.

이렇게 이해하다 보면 언젠가

실수 없는 사랑을 할 수 있을까?

보
내
며

찬 기운이 사라진 공기에

문득 살아난 오래된 기억 속의 너.

여전히 똑같은 웃음으로 나를 바라본다.

축축한 공기가 마를 때 즈음, 또 한번 그렇게 웃어주겠지.

계절이 바뀔 때면 한 번씩 찾아오는 너지만,

다르게 불릴 우리의 이름이 더 이상은 아프지 않아.

내
가
빛
나
던 날들 。

이별을 하고 시간이 좀 지나

다친 마음을 어느 정도 추스르고 나면 깨닫는 게 있다.

그 사람과 만나던 날 설레던 내가 참 예뻤구나.

화장을 하고 거울을 보던 내가 참 좋았구나.

팔짱을 끼고 그 거리를 걷던 내가 참 빛났구나.

어쩌면 나는 사랑에 빠진 나를 사랑한 게 아니었을까?

내가 빛나던 날들이 그리운 것은 아닐까?

낯선
이

연애를 시작한다는 건,

나의 세계에 낯선 이를 초대하는 것이다.

같은 감정으로 만들어진 공간에서

세상 가장 가까운 관계가 되기로 약속하는 것.

나의 시간도 자유도

때로는 너를 위해 기꺼이 포기하겠다는 뜻이다.

마음을 온전히 내어줄 자신이 없다면,

그저 낯선 이로 남기를.

맞지 않는 사람

성격이 정반대인 사람을 만나, 매일같이 삐그덕거리던 적이 있다. 정적인 성격의 나와 외향적인 성격의 그였다. 그 사람은 늘 나를 다그쳤고, 툭하면 성향이 달라 고민이라는 말을 하곤 했다. 결국 참다못한 나는 그렇게 내 모든 게 불만스러운데 나를 왜 만나는 거냐고 물었다. 그리고 이어지는 한숨 섞인 그의 말.

"만나다 보면 될 줄 알았지."

아마도 그는 내 성격을 자기 입맛대로 바꿀 수 있을 거라고 생각한 듯하다. 그것이 생각보다 쉽지 않자 스트레스를 받았을 것이고. 물론 연애라는 건 서로 다른 두 사람이 만나서 맞춰가는 것이다. 하지만 한 사람의 틀을 통째로 바꾸려는 건 욕심이 아닐까?

미
화

가끔 헷갈린다.

너는 좋은 사람이었을까.

시간이 너를 좋은 사람으로 미화시킨 걸까.

오래전 나의 연인에게

우리의 찬란했던 시절,

사랑이란 이름으로 서로의 곁에 있어주었다는 것.

그 사실 하나면

좋은 추억이라는 이름으로 묻히기

충분하지 않을까.

사랑한 것도, 사랑하지 않은 것도

그 사람을 만나는 동안 받았던 상처들과
괴로운 기억들을 굳이 곱씹으며 미워하고 싶지 않다.
그의 모든 순간이 거짓은 아니었으리라 그렇게 믿고 싶다.

그것이 그 사람을 진심으로 사랑했던
나 자신에 대한 예의일 것이라 생각한다.
적어도 나는 한치의 거짓도 없는 진실된 사랑이었으므로.

나를 사랑하지 않은 것도 그의 자유.
그를 사랑했던 것도 나의 자유.

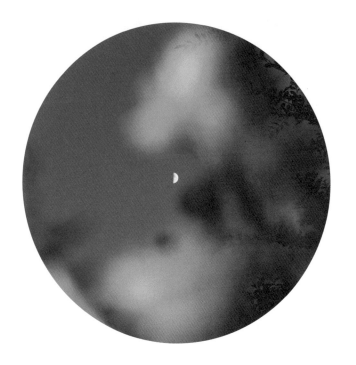

나는 그 사람이 그리운 것이 아니었다.
잠이 오지 않을 때 들려주던
나지막한 목소리가 그리웠던 것이다.
불안해할 때면 잡아주던 손의
따뜻한 온기가 그리웠던 것이다.
언제나 사랑스럽게 나를 바라보는
눈빛이 그리웠던 것이다.
단지, 곁에 있었던 누군가의
존재의 흔적이 그리운 것이었다.

최선을 다한다는 것

사랑할 때 최선을 다하면 헤어져도 크게 힘들지 않다는 말이 있다. 나는 그 말을 믿어보기로 했다. 그래서 그 사람을 만날 때는 최선을 다해 사랑하고 이해해주었다. 그러나 그는 나의 배려를 당연하게 여겼고, 자신을 계속 만나려면 당연히 모든 걸 이해해야 한다고 했다.

그렇게 우리는 헤어졌다.

'최선을 다해 사랑했으니 나는 많이 힘들지 않겠지?'라
는 생각을 비웃기라도 하듯 지난 이별보다 몇 배는 아팠
다. 최선을 다했음에도 돌아오는 건 상처뿐이라는 사실
이 더 절망스러웠기 때문이다. 그때 또다시 깨달았다. 최
선을 다하는 것을 고마워할 줄 아는 사람에게 최선을 다
하자.

최선을 다해

사랑했던 시간들

헤어졌다가 다시 만났던 애인이 있었다. 그 사람에게 헤어져 있는 동안 뭐가 제일 힘들었냐고 물었더니, 자기가 잘못했던 것들이 계속 생각나 미안했다고 했다. 그중 가장 미안했던 건 항상 피곤함 가득한 얼굴로 데이트에 나온 것이라고 했다. 나를 다시 만날 수 있다면 항상 미소가 끊이지 않는 얼굴로 만날 것이라며 후회했다고 했다.

연애를 할 때 상대를 위한 최고의 배려는
너를 만나고 있는 지금
무지 기쁘다는 걸 느끼게끔 해주는 것 아닐까?

완벽한 이별

서랍을 정리하다 오래된 편지 한 통을 발견했다. 떠올리면 늘 아픈 기억으로 남은 너였는데, 그 편지를 읽다 보니 어쩐지 입가에 미소가 번진다. 예전 같았으면 엄두도 못 냈을 너의 흔적을 들여다보는 일. 나는 이제야 완벽하게 너와 헤어졌나 보다.

행복하기를

이따금씩 오래전 헤어진 연인이 떠오르곤 한다.

겨울에서 막 봄으로 넘어갈 무렵

아직은 찬 공기에 따듯한 햇살 같던 사람.

그 사람을 떠올리면 아직도 마음 한구석이 저릿하다.

미련이 남아서가 아니라,

나의 20대 전부를 함께했던 사람이기 때문이다.

한때 가장 친했던 나의 친구.

언제나 어디서나 행복하기를.

Chapter 04

다
시
,
사
랑

설렘은 봄.

사랑은 여름.

이별은 가을.

추억은 겨울.

그리고 다시 기다리는 봄.

애틋한 나

나는 아직도 수없이 나를 착각하며 살고 있었다. 삼십 년이 넘도록 내가 와인을 좋아하는지도 몰랐다는 사실부터, 풀어내지 못한 마음속 응어리가 다 삭아져버린 줄 알았다는 것까지도.

여전히 나는 애틋한 나로 인해 눈물이 나고, 포근히 안겨 쉴 곳을 갈망한다.

이제 나는 더 이상 나를 부정하고 싶지 않다.

나에게 상처 주는 것들에 분노하고,

좋아하는 것들을 열렬히 사랑할 것이다.

해
피
엔
딩

。

수십 번, 수백 번 각색된 그 사람에 대한 기억

마무리는 '아름다웠다'로 끝난다.

서로가 순수했던 시절, 다시없을 어린 사랑이 주는 미화.

아팠던 기억, 행복했던 기억

그 모든 것이 버무려진 결말.

그러므로 그 사랑은 해피엔딩이다.

진심인 사람

나는 '너는 특별해'라는 말을 별로 좋아하지 않는다. 그
동안 만났던 애인들에게는 이렇게까지 해본 적이 없다는
이야기 말이다. 내가 그 사람에게 언제까지 특별할 수 있
을까?

나에 대한 설렘이 식으면 다시 예전으로 돌아갈 텐데 말
이다. 그래서 모든 연애에 최선을 다했던 사람이 좋다.
쉽게 변하거나 지치지 않는, 원래 모든 사랑에 진심인
사람.

사랑에 둥둥 떠다닐 날

나는 자상하고 다정한 사람이 좋다.

눈을 맞추며 웃어주고,

내 이야기에 귀를 기울여주는 사람.

서운함 같은 건 느낄 틈도 없이

넘치는 사랑에 둥둥 떠다니고 싶다.

언젠가 그런 사랑을 주고받을 날이 오기를.

새
사
랑

죽을 것 같이 아픈 시간은 거짓말처럼 지나가고, 또다시 설레는 사랑이 찾아온다. 매 사랑에 최선을 다하면 그뿐이다. 의연하게 과거는 보내주자. 아름다운 당신이 마음껏 새로운 사랑을 하기를.

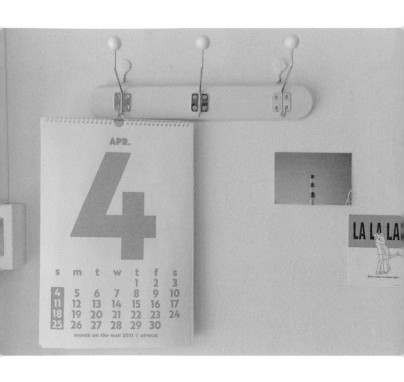

연애 공부

나는 연애도 공부라고 생각한다. 전 연애에서 했던 실수
들을 다음 연애에서 반복하지 않기 위해 말이다. 간혹
예전 연애에서는 이해 가지 않던 상대의 행동을 새로운
연애에서 내가 하는 걸 보고 놀랐던 적이 있다. 문득 드
러나는 뜻밖의 행동들이 과거의 연애에서 배운 것들 아
닐까?

힘껏, 사랑

"너무 마음을 많이 주지 마."

주변의 연애 고수들이 흔하게 하는 말이다. 덜 사랑하면 헤어져도 그다지 힘들지 않다는 이야기. 연애 기간과는 상관없이 이별에 늘 힘들어하는 나에게는 아주 솔깃한 이야기였다. '그래, 다시 연애를 하면 마음을 많이 주지 말자' 그렇게 다짐했다.

반드시 쿨한 연애를 하리라 마음을 먹었건만 다시 시작된 연애에서 나는 또 한번 온 마음이 움직이기 시작했다.

세상에 둘밖에 없다는 듯 애틋한 눈빛, 마음을 쓰다듬는 목소리, 꽃잎 같은 손길.

도무지 마음을 안 주는 방법을 모르겠다.

언젠가 아플지언정 지금은 힘껏 사랑해야지.

사랑을 시작할 때

○

누군가 나의 하루를 궁금해한다는 것.
누군가의 하루가 궁금해진다는 것.

이게 사랑이 시작되는 순간.

새
로
운　사
랑

。

"네가 좋아하는 건 나도 다 경험해보고 싶어."

와사비를 못 먹는 그가 초밥에 와사비를 찍으며 말했다.
톡 쏘는 와사비 탓에 얼굴을 잔뜩 찡그리면서도,
'아, 너는 이런 맛을 좋아하는구나'
라고 즐거워했다.

내가 느끼는 걸 똑같이 느껴보고 싶다며,

평소 싫어하던 것도 마다치 않고 나와 함께하려 했다.

그렇게 그는,

이별을 겪은 지 얼마 되지 않아 웅크린 나의 마음을

조금씩 열어주고 있었다.

깜깜한 새벽녘, 잔잔한 별빛처럼.

연한 커피 두 잔

"앞으로 커피는 두 잔 다 연하게 주문해야겠다."

실수로 내 커피를 진하게 주문해버린 그가 무척 미안해
하며 말했다. 나는 내가 커피를 연하게 마시는 편이라고
말했던 걸 기억해준 것만으로도 고마웠다. 그 후 카페에
서 주문을 할 때면 그는 어김없이 연한 커피를 두 잔 주
문했다. 혹시나 까먹을까 봐 두 잔 다 연하게 주문한다는
따뜻한 말.
누군가 그를 사랑한 시작점이 어디냐고 묻는다면
연하게 주문한 커피 두 잔부터.

좋은 사람

。

"웃는 게 정말 예쁘다."

그 사람은 소개팅 내내 나를 칭찬했다. 웃는 게 예쁘다는
둥, 성격이 좋아 보인다는 둥 말이다. 처음엔 그 사람에
게 크게 관심이 없었기 때문에 그 말에도 큰 감흥은 없었
다. '저 사람은 원래 저렇게 표현을 많이 하나? 만약 사
귀면 나중에는 변할 것 같아.' 이런 꼬인 생각까지 들었
다. 그러다 그 사람의 따뜻한 매력에 빠져들어 사귀게 되
었다. 걱정했던 것과는 다르게 변함없이 다정한 사람이
었다. 사랑을 표현하는 것에 소심했던 내가 그 사람의 영
향으로 마음의 벽을 허물게 되었다.

'서로 같은 사랑을 한다는 게 이런 거구나.'
새로운 사랑을 알게 되었다.

좋은 사람에겐 나도 좋은 사람이고 싶다.

마음 가장 깊은 곳 ———。

구름의 모양이 매일 변하듯

우리 사랑도 조금씩 변하겠지만,

늘 하늘에 머무는 구름처럼

우리 사랑도 마음 가장 깊은 곳

그 안에 머물고 있다는 사실만은 변치 않을 거예요.

맞는 사람

。

나는 사랑을 하면 늘 불안했다. 상대가 처음처럼 날 사랑하지 않을까 봐 두려웠고, 혹여나 갑자기 떠나가지는 않을까 무서웠다. 그런 걱정은 나의 진실된 마음을 숨기게 만들곤 했다. 좀처럼 마음을 주지 않으려 노력했고, 일부러 표현도 잘 하지 않았다. 사랑을 하면서 이별을 준비했고, 멀어짐을 연습했다. 그럴수록 상대 또한 멀어지는 것이 보였다.

그러다 서운해할 틈 없이 한결같이 사랑을 이야기해주는 사람을 만났다. 불안은 눈 녹듯이 녹고 늘 전쟁 같던 나의 연애에 평화가 찾아왔다.

그때 알았다.

나는 사랑을 늘 말해주는 사람을 만나야 하는구나.

어쩌면 사랑은 서로 맞춰가는 것이 아니라

처음부터 맞는 사람을 만나야 하는 것 아닐까?

사랑 그릇

늘 나에게 불만을 이야기하는 사람을 만났을 때는
나도 불만이 가득한 사람이었는데
늘 나에게 고맙다고 하는 사람을 만나니
나도 늘 고마운 마음만이 가득하다.

무엇이 담기느냐에 따라 이름이 달라지는 그릇처럼,
사랑이라는 그릇도 그렇게 매번 달라진다.

첫 만남

。

나는 남자친구와 처음 만났을 때를 이야기하는 걸 좋아한다. 늘 똑같은 내용인데 질리지도 않는다. 그때 모습이 어땠고, 어떤 기분이었고, 무얼 먹었는지 하나하나 이야기하다 보면 마치 달달한 영화 한 편을 본 기분이 든다. 오랜 시간이 흘러도 마치 어제인 듯 생생하게 그날의 감정을 소중히 여기는 사랑을 하고 싶다.

괜찮아요, 계속 말해주면 돼요

남자친구와 커플 성격검사를 해주는 카페에 간 적이 있었다. 시험지처럼 질문에 대한 답을 표시하면 분석해주는 방식이었다.

나는 불안이 많은 유형이라고 했다.

불안할 때마다 자꾸 사랑을 확인하려 할 거라고.

그 이야기를 듣고 나는 왠지 조금 주눅이 들었다.

'아, 역시 나는 어딘가 잘못됐구나'라는 생각이 들 때쯤,

설명해주던 분의 이야기에 마음이 놓였다.

"괜찮아요, 계속 말해주는 사람을 만나면 돼요."

내가 잘못된 게 아니라 나한테 맞는 사람을 만나면 되는

거였다.

오색 빛으로 채울

우리의 시간

봄이 오면 손잡고 오색 빛깔 꽃구경 가고,

여름에는 파란 바다에 발을 담그고,

가을에는 바스락거리는 낙엽 길을 걷고,

겨울에는 새하얀 눈밭에 발자국을 남기고 싶다.

약
속

민들레씨처럼 가벼운 봄바람에도 흔들리는 나를

품어주어 고마워요.

나도 당신이 바위틈 사이 위험하게 피어 있는 꽃이라도

놓지 않을게요.

그렇게 긴 새벽은
사그라들어 ── ✳

1판 1쇄 인쇄 2022년 5월 9일
1판 1쇄 발행 2022년 5월 18일

지은이 미니유

펴낸이 이필성
사업리드 김경림 | **책임편집** 한지원
기획개발 김영주, 서동선, 신주원 | **영업마케팅** 오하나, 유영은
디자인 김지혜 | **편집** 정인경

펴낸곳 (주)샌드박스네트워크 샌드박스스토리
등록 2019년 9월 24일 제2021-000012호
주소 서울특별시 용산구 서빙고로 17, 30층(한강로3가)
홈페이지 www.sandbox.co.kr
메일 sandboxstory@sandbox.co.kr
전화 02-6324-2292

ISBN 979-11-978538-0-7 (03810)

Miniyu's
Booktalk

Miniyu
Special Booktalk

미니유 스페셜 북토크

2022. 06. 02.
목요일 | 20:00

DATE

MINIYU

STARRING

사연
신청하기

Event

당신의 새벽을 깨어 있게 만드는 이야기를 들려주세요.
QR 코드에 접속해 사연을 남겨주세요.
추첨을 통해 북토크 당일 미나님의 목소리로 읽어드립니다.
당첨되신 분들에게 소정의 선물을 보내드려요.

당첨 : 3명

기간 : ~2022. 05. 24(화요일)까지